AF400124

De A à Z

Nouvelle

FSC
www.fsc.org
MIXTE
Papier issu
de sources
responsables
Paper from
responsible sources
FSC® C105338

© 2022 >Hispaniola littératures

©2024 Pascal Parmentier

Édition : BoD · Books on Demand GmbH, In de Tarpen 42,

22848 Norderstedt (Allemagne)

Impression : Libri Plureos GmbH, Friedensallee 273, 22763 Hamburg (Allemagne)

Illustration : Eliz Parmentier

ISBN : 978-2-3224-5208-8

Dépôt légal : Octobre 2022

Pascal Parmentier

De A à Z

Nouvelle

Chapitre 1

Le ciel gris se confond avec la mer, le ressac martèle le rivage et force le respect. Les nuages se cotonnant d'acier sont gonflés de pluie et je sens venir la tempête. Il ne pleut pas encore, mais cela va venir, très fort…Douze heures de route, je rentre au pays après quelques années d'absence et pour rejoindre la maison, je n'ai pas résisté au plaisir d'emprunter le front de mer, histoire de prendre la température. J'ai manqué la Fête de l'Automne, impossible pour moi d'arriver plus tôt. Les diapositives défilent, tiens, une supérette que je ne connaissais pas, le Café Nouveau tenu par le vieux Patrick, si je continue je tomberai sur le port et la marina où mouille le voilier de mon vieil ami Papillon. Rien n'a vraiment changé, les années ne semblent pas avoir de prise sur Port-Nouveau. Quel temps ! Les rafales de vent crachées par l'océan font claquer les drisses et danser les bateaux, mouettes et goélands ont disparu, ne reste que le phare du Rouge pour regarder crânement l'océan, seul, face au large, ponctuant inexorablement l'horizon de ses éclats stroboscopiques. Je roule par habitude, l'esprit vagabond, jouant à saute-mouton avec des anecdotes et les souvenirs d'enfance. Dans quel état vais-je retrouver Ker Helen ? Ma bâtisse est solide, noyée dans la pinède et légèrement en contrebas de la corniche, mais les années comptent double pour ces constructions soumises aux caprices d'une météo souvent rigoureuse. Le front de mer est désert, la ville aussi… je viens de me rendre compte que je suis seul.

Une voiture de la municipale surgit de nulle part, me dépasse et m'oblige à l'arrêt, un flic courtaud, gêné par son gilet pare-balle et son ceinturon où pend son attirail peine à sortir de son véhicule, il me fait signe de baisser ma vitre. Je m'exécute. Le gyrophare m'aveugle, la pluie redouble d'intensité.

— Faut pas rester dehors, m'sieur, un arrêté municipal oblige la population à rejoindre l'ancienne conserverie, vous savez où c'est ?

— Oui, j'habite Ker Helen, derrière la corniche… c'est sur ma route.

— Dépêchez-vous, ça va faire vilain, on attend du 9 à 10 Beaufort d'ici quelques heures…

Un geste ample accompagné d'un « Circulez ! » m'autorise à reprendre ma route. Je n'avais pas prévu de passer ma première nuit à l'extérieur, j'aurais sans doute préféré le cosy d'une chambre à l'Embarcadère au lugubre de l'ancienne conserverie. Le premier éclair déchire le ciel, suivi d'un coup de canon, la pluie mêlée d'embrun tambourine la carrosserie, les rafales sont autant de coups de bélier. Inutile de chercher la bagarre, mes bagages sont dans le coffre, ma décision est prise et comme on disait quand j'étais gosse : en route pour la mise en boîte…

Un rapide coup d'œil, alors que je passe devant chez moi. Je devine la maison au bout du chemin, ses ardoises luisantes de pluie jouant à la marelle avec le ciel. Il ne faut pas traîner, la Conserverie est à quatre kilomètres. Je continue.

Je devais m'arrêter à la marina pour saluer César Papi, mon vieux copain, mon frère d'armes, mon psy parfois, ma ressource toujours.

— *Appeler Papillon !* dis-je à voix haute.

— *Numérotation en cours*, me répond le kit mains libres.

— *… sonnerie…*

Mon vieux camarade César n'a pas d'âge, ou du moins ne fait pas le sien. Affûté comme une lame. Célibataire par obligation, ses trop rares conquêtes n'avaient pas suivi le rythme improbable des opérations extérieures. Il partait du principe que la pièce "couple" ne trouverait jamais sa place dans le puzzle de sa vie d'aventurier. Bougon par nature, exigeant à l'excès, il avait tout comme moi été soldat, bref, sa vie entière s'était résumée à ce statut, à cette institution à laquelle il avait tout donné et qui ne lui donnerait jamais rien en échange. Engagé très jeune dans la légion, rien ne le prédestinait à une carrière dans l'ombre. Quand un jour d'été, il avait été approché par le COS[1], il savait déjà que le destin avait choisi pour lui. Sa dernière affectation fut décisive et lui a pris sa vie entière, sa famille, ses amis et ses relations.

— *… Votre correspondant n'est pas joignable, veuillez laisser un message…*

Je raccroche, j'aurais dû passer à la marina, le savoir par ce temps sur un voilier, même un 15 mètres amarré, n'est pas fait pour me rassurer. Zut ! J'ai failli me tromper au carrefour des Templiers, où ai-je la tête, bon sang ! Un chapelet ininterrompu de véhicules borde la voie privée qui conduit à la Conserverie. Je sais que je pourrai me garer plus près, sous une des arcades vers les quais de chargement. La Conserverie… le cœur économique de Port-Nouveau, que de souvenirs de jeunesse… que de traces d'amour… dans ce bourg à taille humaine. Il y a trente ans à peine, on s'appelait presque tous par nos prénoms. Je ressasse les mêmes pensées depuis la veille. Mon retour est une fuite en avant. Je suis pressé. 18 heures à l'horloge des ateliers, douze heures de trajet depuis la veille pour commencer une autre vie. J'ai bien senti la joie du départ, je me suis senti propulsé vers une destination qui serait un autre monde.

En quelques heures, mettre quelques milliers de kilomètres entre elles et moi.

Les lampes blafardes colorent les fêtes païennes. Je sors de ma voiture, prends mon sac et pousse la porte, juste un léger arrêt, histoire de me donner une contenance pour affronter le regard des autres. Je n'ai pas de sucreries à donner aux trolls quémandeurs et les sorts qu'ils me jettent enverront ce soir mon cœur en devenir dans un ciel démonté.

Le scénario est un grand classique, un coup de foudre suivi d'une aventure puis l'inévitable séparation. Ce qui m'est arrivé est le résultat de mois, voire d'années d'éloignement façon dérive des continents, c'est un mouvement tectonique matrimonial. Ensuite, ce ne fut que fuir un quotidien, chercher des pistes, d'autres possibles puisque tout est possible. Dans ma quête du bien-être, je ne suis pas tout à fait sûr de gagner, mais je veux me donner une chance. Même la plus infime des chances serait salvatrice pour mon esprit fatigué. Je ne dois pas choisir de revenir uniquement pour bien faire, pour réparer, parce que c'est mieux techniquement ou parce que je ne sais pas quoi faire d'autre. Je ne crois pas que cela suffise. Il me faut davantage de motivation, de goût, de "croyance". L'indécision est normale. Rien ne m'oblige à précipiter "définitivement" quoi que ce soit. Pas de promesses, c'est de la fausse monnaie, comme dirait l'autre. Qui sait. Oui, cette conserverie m'est connue, combien de fois sommes-nous venus nous y perdre : la grande salle avec ses airs de musée de la marine marchande, ses immenses couloirs et ses recoins témoins de nos moindres baisers. Le bureau du directeur, cossu, laissé dans son jus, où nous simulions des entretiens d'embauche, je faisais mine de découvrir son CV et sa lettre de motivation me disait toujours : nous ferons de grandes choses ensemble…Réveil, action. Qui vais-je rencontrer ce soir dans cet immense speed-dating port-nouveautin ? Je reviens, certains le savent, d'autres l'attendent.

Chapitre 2

La mer est à l'étale, la plage est encore jonchée d'objets insolites charriés par la tempête. J'ai quitté Ker Helen en milieu d'après-midi. Tout en flânant sur le Quai-aux-Oiseaux, je pense au confinement dans la Conserverie qui a laissé des traces... Quelle nuit ! Au hasard des couloirs, cherchant un endroit pour poser mon sac, j'ai croisé quelques connaissances. Bon nombre furent surpris de me voir, d'autres doivent encore chercher mon nom. Bref, de hochements de tête entendus en clins d'œil appuyés, j'ai réussi à m'embusquer dans la grande salle, dos au mur, face aux issues, un peu par superstition et beaucoup par habitude. Voir sans être vu, un retour aux fondamentaux pour un vieux soldat. C'est aussi par le truchement du grand miroir mural que j'ai deviné la silhouette de Carole, planquée sur un coin de canapé, petit oiseau perdu, le regard méfiant et la plume rebelle. Je n'ai pas osé lui parler mais je me souviens m'être glissé dans mon sac de couchage, un sourire aux lèvres, le remugle de la salle subitement couvert par un parfum de vacances estivales.

Un petit creux me rappelle mon quatre-heures, l'air marin me fait du bien, déjà un mois que je suis revenu et les inévitables travaux de remise en ordre ont grignoté mon emploi du temps. Je déambule, je passe derrière les docks où j'ai vu le Saint-Elme de César en cale sèche. Pap a profité du nettoyage hivernal pour partir quelques jours, il doit me rejoindre au Café Nouveau pour nos retrouvailles et le concert d'un groupe qui m'est inconnu. Quelques pintes d'une bonne bière de Noël, un ou deux single malt pour faire bonne mesure. Je sens que nous allons refaire nos campagnes. Ce n'est pas la nostalgie des opérations, ce n'est pas non plus le sentiment d'avoir été à l'endroit où se change l'Histoire, c'est juste de la pudeur. Il est des choses que l'on ne peut partager qu'avec ceux qui les ont vécues. Comme dit Papillon, il nous reste le bol de ne pas avoir entendu les tambours battre aux champs devant nos boîtes à dominos drapés des trois couleurs.

— Alain ! Voyons ! À quoi penses-tu encore ? Il est des jours où je me fatigue tout seul.

Je m'installe sur un banc face à la jetée. Les bateaux rentrent au port, croisent le Rouge et embouquent le chenal. Ils ne sont guère chargés, ce fut une petite pêche… L'horizon est si paisible que je n'ai pas prêté la moindre attention au lutin de trois ans, planté devant moi. Aussi petit que je suis grand, aussi frêle que je suis charpenté et aussi jeune que je commence à devenir vieux. Ses yeux malicieux se plantent dans les miens, il esquisse un sourire, me tire subitement la langue et court reprendre la main tendue de sa mère. Je souris malgré moi, lui ai-je fait peur ? Mes cheveux en bataille, trop longs pour être disciplinés, mon visage tanné qui n'a pas senti le fil du couteau depuis quelques jours me donnent cet air sauvage qui semble effrayer les bambins. Le soir descend comme un voile, les étoiles flirtent avec la mer qui régurgite les rapines de la dernière tempête. Le nettoyage n'est pas terminé, mais Port-Nouveau brille de mille feux. Noël me saute aux yeux, quelques marins encore embarqués échangent de bord en bord, tandis que le port s'enguirlande. Les navires sont parés de lamparos que tangage et roulis font danser, kyrielle de bougies sur l'eau en l'honneur du fils du charpentier. Est-ce par association d'idées que les vêpres sonnantes au clocher de Saint-Patern me rappellent à l'ordre : il est l'heure de rejoindre le Café Nouveau. Quelle affluence, la salle principale est spacieuse mais les tables sont pratiquement toutes occupées, les alcôves qui la bordent, meublées de canapés club et de tables basses servent de cachette cosy aux couples en quête d'intimité. Les consommateurs tout autant que les suspensions aux lumières tamisées semblent multipliés par les miroirs. Je rentre dans l'arène et trouve César à l'extrémité du zinc, non loin d'une petite piste de danse devant laquelle les musiciens sont installés.

— Attention pour la poussière ! me crie Pap en guise de bienvenue, me montrant deux shoots de whisky sur le comptoir.

J'en saisis un, le porte à mes lèvres et réponds instinctivement :

— Envoyé !

Nous buvons nos verres cul sec et les reposons fermement sur le zinc. La tradition est respectée. J'écoute

César mais, par-dessus son épaule, mon attention se porte sur une liane qui se déhanche sur la piste, je ne distingue pas son visage, elle ondule au rythme de la musique, je la vois sans vraiment la regarder et, tandis que Pap me raconte ses derniers périples, dans un éclat de boule à facettes, je crois reconnaître la fille des Landerson, elle a bien changé… sa copine me désigne d'un signe de tête. M'a-t-elle reconnu ? J'en doute, je crains surtout d'avoir pour elle l'âge d'un père Noël du genre *sugar dady* avec des cadeaux dans sa hotte. Qui dit père Noël dit info du jour, #Santaklausenskinautique… César me dit que ce sacré Willy a bien dû se les geler sur ses planches. Une pause permet aux musiciens de s'installer pour le concert. Fée Viviane à la harpe, accompagnée d'une brune évanescente à la voix limpide, un violon et une guitare pour une balade au pays du roi Arthur. Dans l'alignement du bar, je vois Carole et sa compagnie de pintes, alignées comme à la parade. Toujours aussi absente, je la devine mal à l'aise et pressée de quitter les lieux. Je lui souris.

— Eh ! Mon vieux ? Tu gamberges ? s'écrie Pap qui alterne pintes et shoots comme un métronome.

Oui ! T'as raison, mon vieux César, je suis loin, happé malgré moi par la chanson d'amour de Corbel et Pomme. *Il n'aime qu'elle, elle n'aime que lui...* L'amour, l'amour, j'aurai connu les variations de cette notion changeante ; des feux de paille aux passions sans lendemain, de la merveilleuse complicité à l'inévitable routine, cette forteresse qu'un simple regard assiège et que le baiser d'une inconnue conquiert. Que dire de ces fâcheuses concordances des temps entre désir et raison, de la nostalgie imparfaitement séduisante se bagarrant avec un présent en chantier ? Que penser de cette soixantaine qui s'allie à mon miroir chaque matin pour me convaincre de l'amenuisement du champ des possibles ? Oui, petite Pomme : *Le temps qui passe ne revient pas.*

— Tu crois qu'ils sont payés pour écrire des chansons comme ça ? me confie César, moqueur, à voix basse.

Je n'en sais fichtre rien, de toutes mes pages d'écriture, la meilleure, la plus authentique sera toujours celle que je n'aurai pas écrite, par peur de t'effrayer, par peur de toi… Tous ces mots d'amour tapés trop vite et envoyés trop tard, tous ces questionnements qui usent et rongent plus sûrement que l'acide, qui rappellent les espoirs et les serments partagés. Comment nos chemins se croisent-ils ? Comment nos trajectoires amoureuses se rejoignent-elles pour ne parcourir au final que quelques kilomètres avant de rejoindre l'infini ? La durée de ces instants magiques ne nous importe guère, elle marque nos vies de manière indélébile, elle bouscule nos habitudes, fait voler en éclats nos moindres certitudes. Et cette loi intangible demeure : tout arrive parce qu'il y a la place pour que cela arrive, nous n'attrapons que ce qui se débat, le reste, il suffit de le cueillir. C'est le manque d'occasions qui nous rend sages.

La salle est comble, un gars en fauteuil slalome péniblement entre les tables, je me lève pour l'aider, nous échangeons quelques banalités, c'est David, le pompier, et juste derrière lui, c'est Antony. J'ai entendu parler de l'accident lors de mes courses au Coccimarket.

— Alain ! m'interpelle Pap bien éméché. *À nos chevaux ! À nos femmes !…*

Je lui coupe la parole avant la chute de ce toast porté à ses conquêtes, inutile d'essuyer une volée de bois vert.

— Papi ! Je reviens vider un dernier godet avec toi et ne reprendrai pas la route ce soir. Je passerai la nuit à bord, avec l'accord du commandant.

— Accordé, vieux frère ! Ta banette est froide mais toujours disponible !

Nous quittons le café nouveau, il est 23h30, la nuit dense et froide perce nos cabans, nos mains enfouies dans nos poches, nos bonnets vissés sur la tête, nous rejoignons les docks, je marche de conserve avec César à Port-Nouveau et Alain se balade avec Elle dans ses souvenirs.

Chapitre 3.

Si près, le 19 janvier

Trop cher Alain,

J'espère que ta surprise en me lisant est proportionnelle à mon plaisir. J'ai appelé un de tes anciens numéros… pour entendre ta voix… et bien sûr je suis tombée sur une boîte vocale où j'ai d'abord laissé un message… mon tort fut de le réécouter. Qui aime sa propre voix ? C'est un instrument fait pour autrui. J'ai donc effacé.

Et puis, j'ai longtemps hésité avant de prendre la plume, mais ta mine étonnée à la réception d'une enveloppe avec un EV[1] en lieu et place du beau timbre a vaincu mes réticences, il n'est pas impossible que tu sois retourné à Ker Helen dont je garde l'adresse en mémoire depuis tant d'années. Après tout, César est à Port-Nouveau en résidence flottante la moitié de l'année depuis que Pattysmith l'a jeté. Il était temps ! Je me souviens d'elle, une bavarde… vaccinée avec une aiguille de phono ! Mais elle méritait mieux, tout comme Bambi que j'ai revue chez Stéphanie… tu seras en terres connues ;-)

Tu sais, il n'est jamais trop tard pour dire à nos proches, combien leur présence nous est réconfortante, combien leur passage dans nos existences fut riche d'expérience. Je te souhaite le meilleur pour cette nouvelle année. Je ne le dis pas du bout des lèvres ou par convenance, je le dis sincèrement, à voix basse, comme un souffle dans ton cou, où vire ton eau de parfum.

Et toi ? Je te sais fatigué (j'ai mes indics), tu flirtes avec le surmenage depuis trop longtemps, cet état ne te permet pas de voir clairement le chemin. J'espère que tu trouveras la paix de l'esprit dans ta retraite, caché aux yeux du monde, un retour vers tes racines, un rembobinage du film et pourquoi pas… une analyse plus fine. Je ne suis pas certaine que tu reviendras avec les réponses que tu attends, les réponses sont en toi et nulle part ailleurs. Il te fallait tout briser, tant tu es persuadé que la naissance vient du chaos, de cette impulsion incroyable qui emporte tout sur son chemin, de ce tsunami submergeant les terres cultivées depuis des décennies, de ce torrent de lave que rien n'arrête et qui nous brûle le cerveau. Le tout est d'assumer.

Je sais, pour la partager pleinement, combien ta situation est difficile, nos ressentis sont différents mais nous partageons la même culpabilité, un certain remords teinté de lâcheté qui nous colle à l'esprit plus sûrement que nos faux pas.   Toi trop vieux, moi trop jeune, nous serions-nous trompés ? Que reste-t-il de nous ? De cette aventure, genre *Sex Friends*, qui fut secrète, merveilleuse, trop peut-être... Flirtant toujours à la limite de l'interdit, profitant de chaque bulle d'oxygène, je me suis évertuée à ne pas voir ce qui était flagrant, par lâcheté ou par crainte. Et le bonheur est arrivé, souviens-toi ! Nous eûmes nos quelques mois comme Roméo et Juliette eurent leurs quelques jours. Tout est venu naturellement, par petites touches. De pastels en eaux-fortes, d'aquarelles en graffitis, l'œuvre s'est complétée chaque jour. Pas de grands projets, non, juste des fulgurances et des moments de simple bien-être. Sans doute nous faut-il être égoïstes et penser à nos vies, sachant que nos actes ont entraîné des cataclysmes dans d'autres existences. Alain, Alain, crois-tu que je me sois persuadée de mon « amour » pour toi ? Tout comme toi, je ne rêvais pas d'une petite maison, posée sur un carré de pelouse, avec les géraniums aux allèges et le chat de concours pour faire bonne mesure. Je ne voulais pas de ce pavillon bien entretenu et bien conçu. Je veux juste un chez-moi que je veux transformer en chez-nous. Je me moquais de toi lorsque tu disais que tu étais un vieux monsieur, je ne voyais pas la différence d'âge mais comme toi, maintenant, je suis taraudée par la peur indicible de la solitude, de l'âge qui avance inexorablement, avec son lot de preuves irréfutables et de rides qu'il est de plus en plus dur d'estomper. Et que dire de cette maudite horloge biologique que je voudrais oublier en sachant que c'est elle qui gouverne mon corps de femme. J'ai parfois l'impression que ma vie entière est désormais vouée à des cycles physiologiques qui me rendent plus raisonnable et plus résignée… Je crois surtout que je ne partage pas ton illusion toute masculine de l'immortalité.

Et toi ? Que veux-tu ? Je me suis rappelé ton appartement à Paris, ce champ de bataille qui a connu trop de conquêtes sans qu'aucune d'elles ne se sente suffisamment chez elle, la stature de l'une faisant toujours de l'ombre à l'autre. Les départs se sont succédé, avec cette même volonté de refaire une vie, de trouver une femme qui t'aimerait. Nous avons multiplié les efforts pour atteindre nos objectifs et la vie est passée... lourde d'habitudes et de convenances, elle nous a tous surpris au hasard d'un soir de lassitude ou à la faveur d'un regard appuyé

Ô je les connais nos quotidiens, nos fuites en avant, nos sorties, nos clubs, le retour vers ces collègues trop jeunes, qui n'ont pas les mêmes attentes et surtout pas le même vécu. Les sites de rencontres, vecteurs de prédateurs en mal de sexe... On se ment via la toile, on triche via le web.

Pathétique tableau et vrais reflets d'existences…

Du coup, je suis partie, j'ai voyagé au bord de la France ou sous les tropiques, rejoignant des clubs vacances, m'oubliant dans ces paradis artificiels, picorant aux buffets trop riches et traînant une libido de bulot que les abdominaux de certains gentils organisateurs *bodybuildés* laissaient souvent de marbre. Mais ce sont les merveilleuses étreintes entre le soleil et la mer qui m'ont ramenée à toi. Les vagues, comme les antiennes que je ressasse, ne sont jamais exactement identiques, le ressac m'apporte chaque fois des éclairages nouveaux et c'est lui qui aujourd'hui me drosse sur ton rivage. J'ai pris la plume pour t'offrir ces quelques nouvelles et il n'est pas impossible qu'un bon vent d'ouest m'apporte les tiennes. Ce que j'ai le plus aimé furent nos silences. Ne te sens donc pas obligé de répondre.

Tu t'es calmé mais tu restes un chasseur, tu sauras où me trouver…

Je t'embrasse,

Tinker Bell

(1)   EV : abréviation d'« en ville ». La mention EV signifie que le pli a été déposé par l'expéditeur lui-même dans la boîte aux lettres du destinataire, sans passer par les services postaux.

Chapitre 4.

Sept heures, je me lève avec des envies d'ailleurs. Dès le premier pied sorti du lit, je sais que Ker Helen va subir les assauts de l'aspirateur et du lave-pont. Ce sera un grand nettoyage d'hiver ! Un peu par esprit de contradiction et surtout parce que les travaux ont laissé autant de traces que les derniers apéro-dînatoires avec Papi. Je ne peux attaquer une journée sans mon café et comme j'aime commencer en douceur, je prépare tout avant de me coucher : mon grand bol en faïence légèrement ébréché, ma petite cuiller (la seule survivante de la ménagère de tante Marguerite), la cafetière programmable dernier modèle est aux ordres et m'offre chaque matin mon café dont l'arôme énervé n'attend que le pain que je n'ai pu tartiner la veille…

Je passe devant le réfrigérateur où fleurissent toutes sortes de pense-bêtes, entre le tract jaune fluo du cinéma et le menu du livreur de pizza, une liste attire mon regard :

— beurre, lait, 6 œufs, maquereaux grillés, cœurs de palmiers
— anniversaire de Zoé, 13 février, 12h00
— passer chez Adam (*Mémoires d'Hadrien*)

– répondre à TBell

– aimer la vie et me le répéter souvent

– filer 20 000 € à ton ami Pap

Je souris, plaisanterie de Papillon qui a la manie de bousculer mon quotidien à sa façon ou de cacher des objets insolites à chacune de ses visites, combien de fois ai-je trouvé de vieux croûtons de pain dans mes poches, des graviers dans mes chaussures. Un soir bien arrosé, ce fut un sac poubelle rempli de gravats dans mon lit… Je rejoins le salon et passe devant la psyché, je m'habille très peu pour dormir et j'ai rarement l'occasion de me regarder en pied, donc je marque un arrêt. La discipline que je m'impose porte ses fruits et si le corps a indéniablement vieilli, la charpente est saine et le bipède porte encore beau. J'ai fait couper mes cheveux la semaine dernière et me suis taillé une barbe de trois jours qui non seulement me rajeunit, mais me donne un petit air *badass*. Je m'assieds face à la baie vitrée, je sirote mon café et devine au loin la pointe du cap où j'ai retrouvé Tinker Bell il y a trois jours. Pas besoin d'être grand chasseur pour te retrouver ma belle, la traque s'est terminée au parking de l'anse Frehen, à six kilomètres de Port-Nouveau. J'ai déposé un message sur le pare-brise de ton vieux coupé, tandis que tu longeais le rivage. Je n'ai pas cédé à la folie des messages compulsifs truffés de points de suspension, comme pour suggérer, je suis toujours là… halte aux réponses sporadiques empreintes de retenue, aux souvenirs suggestifs. Simplement quelques lignes pour dire que notre aventure fut parfaite : du choix des personnages aux rôles qui ne furent jamais appris, au respect et à la bienveillance, à la différence d'âge que l'on oublie et à la séparation que l'on assume parce qu'elle est plus rationnelle. Vole, ma belle, tu as des enfants à porter et des projets à conduire, merci d'avoir été là, je suis heureux d'avoir vécu entre tes parenthèses.

Huit heures trente minutes. L'heure de prendre la route. Mes foulées sont régulières, l'air marin est tonifiant et je revis. J'aime courir le matin. Question d'habitude. Après quelques kilomètres sur le chemin des Douaniers, j'arrive en ville.

Je tiens à féliciter Adam pour l'ouverture de sa librairie et compte y trouver les *Mémoires d'Hadrien*. Il me faut changer mon édition de 1978 qui ne supporte plus les multiples rafistolages causés par mes relectures. Sa boutique remporte un franc succès, c'est avec le Café Nouveau l'autre lieu de convivialité et d'échange dont la ville avait besoin, un point de chute pour ces chapelets de badauds, longeant quotidiennement le port, en quête de moins d'ennui. Belle devanture rétro, éclairage adapté, rangement optimisé pour pallier le manque de superficie.

La clochette tintinnabule à mon entrée et un bonjour venant du fond de la boutique m'accueille. Je retrouve Adam. Il n'a pas changé, avec ses cheveux en bataille et le même sourire éclatant. Adam prend le livre que je lui tends du bout des doigts.

— Les *Mémoires d'Hadrien* ! Celui-ci est dans son jus, peu de pages sans mention manuscrite, de nombreux rappels et des enluminures griffonnées ! Je vais garder cet exemplaire pour mon coin en vitrine signé "Marottes de lecteurs ", me propose Adam.

— *À* ta guise, pas sûr que mes mentions marginales soient à la mesure des attentes de ta clientèle, mais Marguerite Yourcenar sera toujours ma grande dame de la littérature, je viens en racheter un si tu l'as en magasin ?

— Au fond, à gauche… Celui-ci a voyagé autant que toi, me dit Adam d'un air résigné.

Il ne croit pas si bien dire. J'ai des livres fétiches et ceux qui me suivaient en opération quand j'avais le temps et la possibilité de les prendre, je les piochais dans ma sélection personnelle. J'emportais souvent de quoi m'évader. Je suis d'une génération qui ne fut pas *de facto* connectée à internet, la magie d'avoir le monde à portée de clic me fascine et m'effraie tout à la fois. Les appareils connectés ont remplacé mes salles de documentation et bibliothèques. Ce dont nous avions besoin, il fallait le chercher et bien souvent l'apprendre, l'instantanéité de l'information s'appuyait sur une solide mémoire. Lire c'était s'instruire.

Culture et curiosité sont les jumelles qui me donnent possibilité de voir plus loin et soif de lire. Comme pour le reste, je suis un glouton compulsif. Parcourant les rayons, j'admire ces livres aux reliures dissemblables qui me font penser aux tableaux d'une exposition, ils sont tous sur leur trente et un avec jaquette de couleur et bandeau rouge pour les prix littéraires, que de légions d'honneur ! L'ordre alphabétique de certains rayonnages m'invite parfois à d'amusantes associations, j'imagine Maupassant le flamboyant échanger avec Malot et Malarmé ? le grand Hugo parler lyrisme avec Hérédia ? Au premier plan, c'est une nouvelle édition des œuvres complètes de Marivaux qui retient mes faveurs, en plus des *Mémoires d'Hadrien*.

— Tu as trouvé ton bonheur ?

— Oui, je reviendrai en tenue de ville un de ces quatre pour profiter de ton petit coin café littéraire.

Je sors, juste un rayon de soleil, pas envie de reprendre ma course mais plutôt de m'asseoir sur un banc. C'est l'horizon qui me rappelle ma réponse à cette curieuse et obsédante lettre de vœux. Oui, j'ai eu raison, il ne pouvait en être autrement, mais je me sens tout à la fois un peu lâche, pourquoi ne pas l'avoir rejointe sur le rivage ? Je ne garderai en fondu-enchaîné que sa silhouette dans la transparence tournoyante de sa jupe rouge et l'éclat de son sourire. Je me rappelle l'invitation avec Papi à l'anniversaire de Zoé, cela m'a permis de revoir Antony et Bernard. Nous avons passé un bon moment. Je suis content de renouer avec quelques anciens de Port-Nouveau. C'est bien Zoé que j'avais aperçue au concert chez Stéphanie, son regard a quelque chose de troublant, triste sans être résigné, elle semble être bien avec Charline. Papi plaisante et me fait clins d'œil sur mimiques, quand nous prenons congé de nos hôtes en milieu d'après-midi, il m'interroge sur le ton de la confidence.

— Bien sûr, t'as rien vu ? rien senti ? rien calculé ?

— Richard et Martine se sont bien trouvé et le drame qu'ils ont vécu est loin désormais. Bernard…

— C'est bien ce que je pensais… l'évidence est comme les mensonges, plus c'est gros, plus ça passe, me coupe Pap, levant les yeux au ciel.

Chapitre 5.

Je viens à peine de décrocher le téléphone que je suis submergé par le flux de questions-réponses de Zoé.

— Aller à Sainte-Casilde… Que veux-tu faire à Sainte-Casilde ? Oui, je sais ce que Papillon a dit, oui Zoé… le quoi ? Visiter le MUSA ? Zoé, je n'ai pas dit à Pap que j'irais… Comment… y aller ensemble… Je sais que Papi ne viendra pas… juste toi et moi… Comment ça j'ai peur, peur de quoi ? Arrête ou le SDF se fâche tout rouge... Elle rigole… *À* tout à l'heure, je t'attends pour 9 heures devant le loft. Juste le claquement d'un baiser dans l'écouteur et elle raccroche.

Depuis son anniversaire, nous nous sommes revus à trois reprises et à l'insu de notre plein gré, grâce à Pap qui ne résiste pas plus aux sollicitations de Charline qu'aux regards de biche de Miss Z, comme il la dénomme désormais. César me tend une embuscade en trois actes. Il décide en lever de rideau de rendre l'invitation à Zoé et m'invite autour du fameux poulet-chorizo qu'elle affectionne. Le félon me traîne à l'acte 2 au Café Nouveau pour un verre soi-disant improvisé où Charline, opportunément invitée, parle de belles rencontres, d'amour au-delà des âges, du mépris du qu'en dira-t-on et se sauve à l'anglaise avec Papi, me laissant seul avec Zoé. Il m'achève au troisième acte, une belle sortie en mer avec les filles sur le Saint-Elme et un déjeuner au mouillage dans le petit port de l'île de Finmonde. J'ai vécu cinq ans et n'ai vieilli que de dix jours, je ne veux pas que le coup de fil d'aujourd'hui soit le final de cette merveilleuse suite de coïncidences. César a raison quand il me dit que le monde est étonnant, un petit rayon de soleil de vingt-sept printemps me fait préférer la chaude et turbulente Sainte-Casilde au froid et rigoureux Port-Nouveau. Me voici, longeant la côte pour rejoindre le quartier du Cap et la colocation des filles. Charline, chevelure flamboyante ébouriffée par le sommeil, écarte le rideau et me fait un petit signe de la main, je devine sur ses lèvres un « bon voyage » et elle disparaît tandis que Zoé, tourbillonnante dans un jean bleu passablement élimé, sweat blanc "princesse en basket " et pashmina orange, descend les escaliers quatre à quatre, sac sur l'épaule et jouant de la télécommande pour m'ouvrir les portes d'un carrosse flambant neuf.

— Tu l'as volée ?

— Nan, j'ai un VIEUX papa d'amour, me répond-elle d'une voix angélique en baissant les yeux.

— Oui… je vois… Charline ne vient pas ?

— Non, elle doit finir quelques trucs.

Et, se mettant sur la pointe des pieds pour avoir mon oreille, elle susurre :

— C'est gentil de venir avec moi…

Je réponds oui… et lui souris. Je n'aurais pas dit gentil. Étonnant, étrange m'auraient paru plus indiqués. Même impressionnant serait plus convenable. Il nous faut une heure par la nationale pour arriver au MUSA. Au détour de la corniche, un soleil quasi printanier nous surprend, je me dis que cette journée mérite définitivement d'être vécue. Nous abaissons nos pare-soleil, mais je suis seul à me surprendre dans le miroir de courtoisie. Zoé babille, parle des expositions actuellement présentées et je m'oublie consciencieusement. Il y a bien longtemps que je ne suis pas retourné à la capitale régionale. C'était bien avant la récente sortie de terre du fameux MUSA. Je vais donc découvrir cet assemblage cubique de béton et de verre, posé sur la rive droite de la Têtue. Coûteuse réalisation architecturale pour cette succursale de province, à l'instar du Pompidou messin ou du Louvre lensois.

Nous arrivons. Trouvons assez facilement une place sous le musée. D'escaliers roulants en ascenseurs, nous marchons comme des zombies, les yeux rivés aux pictogrammes pour surgir enfin dans le grand hall d'accueil. Internet nous ayant dispensé de passer au guichet, nous présentons nos sésames à un lecteur électronique, car les entrées en coupe-files sont cadencées, gestion des flux oblige. Nous entrons avec une poignée d'autres couples.

— Nous serons pratiquement seuls durant la visite, j'adore… s'exclame Zoé dans un grand sourire complice. Elle me prend la main pour entrer dans l'exposition consacrée aux *Amours et désamours au siècle du romantisme*.

Cette main perdue dans la mienne, légère et volontaire, m'accompagne d'une œuvre à l'autre, je me laisse guider et me surprends à apprécier le calme aseptisé des lieux. Vivre, oui, vivre avant tout, que me veut cette jolie jeune femme qui se sent bien avec moi au point de passer mon bras autour de sa taille comme pour me dire, je respire mieux quand l'espace entre nous se réduit. Nous nous asseyons sur les banquettes circulaires d'un rouge vermillon au centre de la dernière salle, la visite du musée consacré à l'amour s'achève sur quatre baisers, le célèbre marbre blanc de Rodin, le chaste et doré de Klimt, le fauve et langoureux de Schiele et celui que Zoé me donna. La première rencontre de nos lèvres enflammées dans un baiser parfait, fougueux et dévastateur. Je suis finalement satisfait de cette visite, les expositions sont bien organisées, je me suis autorisé à aborder Carole que j'ai vue, assise et songeuse dans la salle bleu myosotis. Nous fûmes tous deux surpris. Juste quelques mots. Ce n'était ni le lieu ni le bon moment. Nous longeons la rivière pour rejoindre un petit restaurant italien très pittoresque dans la vieille ville. Attablés à l'abri des regards, Zoé me parle de ses projets, je l'écoute car son dynamisme me captive et me fait du bien. J'ai parfois l'impression qu'elle attend une réaction, un conseil de ma part, une remarque peut-être. Je ne saurais juger, ce serait me vieillir. Elle est admirative de l'amitié que je partage avec Papi, je lui parle de mon ancien métier, j'édulcore, j'adapte, j'omets. Il est des minutes qui durent des heures, je ne sais où va me conduire ce joyeux intermède. Ce baiser fut la clef qui délia nos langues tout autant que nos cœurs.

— Ô, j'allais oublier, me dit Zoé en fouillant dans son sac, ferme les yeux et ouvre la bouche, tu vas me dire ce que tu ressens…

Je m'exécute et mes lèvres se referment sur une bouchée au chocolat, noir de toute évidence, fort en cacao, je laisse fondre, la chaleur libère les éclats de noisette. Je garde les yeux clos.

— Cela me rappelle les rochers de mon enfance, ceux que m'offrait maman lorsque je rentrais jadis de l'école avec une bonne note, ce sont ceux qui me rapprochent de toi aujourd'hui.

— Ce n'est pas fini, encore un pour la route, renchérit-elle.

— Tu m'achèves, Zoé, je rajeunis à vue d'œil…

À peine le temps de finir ma phrase qu'elle m'enfourne un carré fourré à la liqueur, la coque de sucre qui emprisonne l'alcool cède sous ma canine et je m'aperçois que je n'aime toujours pas cette combinaison.

— Et alors ?

Nul besoin de parler, mon expression lui suffit. Elle éclate d'un rire cristallin.

Nous rentrons par la côte, je prends le volant et change de station radio, l'alegretto de la 7ème de Beethoven succède à la pop, quelques kilomètres suffisent à Zoé pour s'assoupir. Un camaïeu de rouges colore les cieux, empourpre les pommettes de ma belle tandis que quelques nuages cotonnent l'horizon et finissent d'estomper mes rides. Juste une illusion, peut-être, mais je prends chaque instant de mieux, tous les cadeaux que la vie distille parcimonieusement et qui échappent aux pressés, aux stressés et aux ascètes malgré eux.

Chapitre 6.

— Où est ce fichu maillot ? Pas moyen de remettre la main sur mon costume de bain…J'étais persuadé qu'il était dans la valise bleue au grenier… Un vrai costume Belle *Époque* que j'aurais plaisir à porter, si tant est que je puisse encore l'enfiler. Je vérifie quelques cartons, fait voler les fripes, fouille la malle où sont remisées mes tenues militaires, en sachant pertinemment que je ne saurais le trouver là. Je pense que la plupart des anciens de Port-Nouveau seront costumés, même si peu mettront un pied dans l'eau. Je me console en prenant avec moi un vieux cliché des années quatre-vingt où je fanfaronne avec des copains lors du Bain d'avril. Nous avions tous la tenue rétro, parce que c'était aussi notre carnaval. Que de bons souvenirs, l'époque des "cap' pas cap' ", des courses sur la plage dans nos tenues rayées en criant comme autant de bagnards ivres de liberté. Et combien de sirènes à l'époque pour témoigner de nos performances : à qui restera le plus longtemps, à qui s'immergera le plus, à qui aura la chance de revoir la fameuse sirène dont le doigt sur les lèvres intimait le secret… Zoé et moi trouvons une place dans le patchwork multicolore nappant la plage, les peignoirs de cotonnade aux couleurs vives rivalisent avec les fameux costumes de bain. Zoé éclate de rire en regardant la photo que je lui tends.

— Ô mon beau baigneur ! ironise-t-elle, je te préfère avec ce short de surfeur. Tu es prêt ?

Nous ne sommes pas restés longtemps dans l'eau, mais l'ambiance a des goûts d'autrefois, chacun venant pour que les traditions nous survivent et rassurent. Deux ou trois brasses, quelques éclaboussures de Papi et Charline. Un ordre surgi de nulle part nous invite à aller chercher les réticents. Je sors de l'eau et je sens les regards de Richard et Martine peser sur moi. Dans la dernière rangée, je reconnais Carole qui semble endormie, pelotonnée dans un grand drap de bain. Je m'approche.

— Carole ! Tu t'es endormie ? Tu veux qu'on aille prendre un café ? Il fait vraiment froid, ici !

Propos insensé. Elle me regarde un instant, étonnée, comme si j'étais un fantôme sorti d'un conte de fée.

— Peut-être plus tard, me répond-elle, désignant le large du regard.

Je me retourne, vois Zoé, me rends compte de l'incohérence de ma proposition et avec un sourire en guise d'au-revoir, je me remets à l'eau avec les derniers courageux. Fin du bain. Nous fûmes prompts à nous changer et plutôt que de profiter du vin chaud offert par l'association du Bain d'avril, nous nous dirigeons vers le Café Nouveau.

Calés dans les fauteuils derrière la baie vitrée, les mains jointes sur une grande tasse de chocolat chaud. La chaleur ambiante a raison de mon corps, un coup de

fatigue, les cheveux de Zoé s'étalent sur mon épaule…
mes yeux se posent sur le supplément de *La Criée*, dédié
aux contes et c'est mon invitation au voyage : « *… Mon
enfant, ma sœur, songe à la douceur, d'aller là-bas vivre ensemble !
Aimer à loisir, aimer et mourir, au pays qui te ressemble ! Là
tout n'est qu'ordre et beauté, luxe, calme et volupté… »*[1] Si ma
vie était un conte, voici ce que les troubadours chante-
raient :

*Au temps jadis, à l'autre bout de l'univers connu, était un
monde étrange et froid où le soleil peinait à luire. Une nuit pro-
fonde enveloppait ce royaume à la tête duquel un roi faisait ce qu'il
pouvait pour combattre la corruption. Les sujets profitaient du
noir pour satisfaire de coupables pulsions meurtrières, les crimes se
succédaient, tout n'était que filouterie, fraude et arnaque…La
nuit complice veillait sur les mécréants qui s'en aidaient pour aug-
menter leur profit. Toute la population était-elle mauvaise, cor-
rompue et pourrie ? Non, bien sûr, quelques passeurs de lumière
se tuaient à la tâche pour apporter un peu de clarté sur les terres
sombres. Ces falotiers, bien que peu nombreux et soigneusement
sélectionnés par les puissants, garantissaient la lumière aux grands
du royaume. Alain Nazado d'Erquy était l'un d'eux, il avait
acquis sa charge très jeune, au début par goût de l'aventure, par
amour du risque, mais pour échapper aussi à la monotonie d'une
existence tracée par des générations d'exécutants avant lui. Entraîné et aguerri par l'expérience, il avait connu les rebellions san-
glantes des trolls chauves dans les ghettos,*

---

[1] In «d'invitation au voyage, les fleurs du mal" de Charles
Baudelaire

il avait réprimé par la force les insurrections des géants noirs. Il s'était surtout distingué en combattant les félons de la guilde des allumeurs lors de la tentative de vol de la Sainte Lumière. Ces faits d'armes lui valurent les honneurs, un commandement et sinon la confiance du monarque, du moins son oreille attentive. Alain avait gravi un à un les échelons pour devenir le gardien allumeur du dernier rempart. Insigne honneur. Pourquoi vivait-il encore en ce monde terrible ? Parce qu'il était plus malin et plus agile. Chargé de l'éclairage de la première enceinte qu'il parcourait inlassablement, il redonnait vie aux torches vacillantes que le suif dégoulinant abandonnait. Il dormait peu, ne mangeait guère. Il servait avec constance et abnégation. Il commandait, surveillait, s'assurait que chacun de ses écuyers l'assistait dans sa mission. Il était la lumière déchirant les ténèbres, la quête d'une vérité, chacun de ses éclairages sur la ville permettait de percer des secrets jalousement gardés et le roi avait inlassablement besoin d'en connaître. Sa vie de chevalier régie par le devoir ne lui avait permis que de trop brèves rencontres avec des princesses vivant dans les parties les plus hautes de la ville fortifiée. Il en chercha beaucoup, en connut fort peu...

Le roi lui confia une mission périlleuse, retrouver sa fille cadette qui avait eu le tort de s'aventurer dans les dédales de la ville basse après avoir trompé la surveillance de sa gouvernante. Alain se lança à sa recherche et réussit où nombre de nobles de haute lignée avaient échoué. Au péril de sa vie, seul contre tous, il la conduisit à bon port. Accueilli en sauveur, reconnu par la cour, on la lui crut promise mais il dut la quitter. Pouvait-on unir une jeune princesse à un vieux passeur de lumière ? Le roi voulut récompenser son vaillant serviteur et le convia à toutes les soirées. Ce bougre d'homme finirait bien par trouver sa dulcinée.

— Mariez-vous, Nazado ! Vous porterez à deux la lumière aux confins du royaume et votre lignée veillera sur nous. Faut-il que je vous choisisse une épouse ? s'esclaffa le roi.

— Non, Sire…

D'aussi loin qu'il s'en souvienne, une princesse avait su garder une place particulière en son cœur. Elle fut longtemps cloîtrée par un être possessif, condamnée à une représentation silencieuse à chaque soirée donnée au Château des Soupirs. Elle parvint un jour à échapper à son amant jaloux ; de halliers en forêts, de grottes en caches improbables, elle erra longtemps et seul Alain la retrouvait toujours, la traçait, la soutenait. Sa mission était un sacerdoce. Souvent attaché à son rempart comme un navire à son ancre, il n'avait jamais rien promis à quiconque, il savait que chacun de ses combats et amours était unique et pouvait être le dernier. Il marcha longtemps sur le chemin de ronde, en équilibre entre deux mondes, attendant celui qui le déséquilibrerait.

— Vous désirez consommer autre chose, demanda Stéphanie, amusée de nous voir assoupis.

— Non, merci, je crois que nous allons faire un tour sur les remparts…

Stéphanie interloquée, resta interdite et je quittai le café nouveau, comme flamboyant, drapé dans ma cape, une princesse à mon bras pour cesser d'être Nazado d'Erquy et devenir Alain.

Chapitre 7.

Le réveil me rappelle à l'ordre, j'entrouvre les yeux… Neuf heures… les draps sont encore imprégnés du parfum de Zoé, elle brille encore dans son absence et les habits éparpillés sur le sol sont autant de petits cailloux sur le chemin du séjour. Jeu de piste amoureux qui me conduit au message laissé sur la table : *« J'ai un rendez-vous avec mon psy de bonne heure. On se retrouve à la marina en début d'après-midi. Signé Zoé +++ ».* Passage à la salle d'eau, je souris de voir les brosses à dents partager le même verre et un brin de cotillon oublié, tel un drapeau blanc, consomme ma reddition sans condition. Un mois de vie à pleins poumons, dans l'exaltation de la nouveauté que viendront ombrager bien assez tôt l'habitude puis l'ennui. Tu ne seras pas mon infirmière, jolie demoiselle, foi de vieux soldat. Je préfèrerai pour vieillir le design épuré d'un déambulateur à tes courbes félines. Tu es si jeune… si fragile, j'ai tenté de t'expliquer que notre chemin ne saurait s'éterniser. Oui c'est ça, comme dans mon conte, un passeur de lumière, je ne suis que le projecteur qui te met en valeur, mes bras sont ton refuge, mon regard te redonne confiance, tu deviens de plus en plus forte et quand tu auras grandi tu largueras les amarres, tu ne le sais pas encore, mais tu partiras.

Nous avons rendez-vous avec César en début d'après-midi, départ pour l'île de Finmonde et sa crique où nous avions déjà passé de bons moments. Je prépare mon sac : quelques affaires de rechange et c'est en cherchant mon couteau suisse que je suis tombé sur un vieil album photo. Je le connais par cœur et pourtant mes mains le feuillette, ma vie défile au cours des pages. L'école militaire, les défilés, les tirages de promotion où les camarades posent une dernière fois avant de rejoindre leur affectation. Et ma photo fétiche où je pose avec César et Luca en compagnie de deux autres commandos malheureusement décédés. Luca, le père de Carole, une montagne de deux mètres, le cheveu rare sur un crâne souvent suturé. Son physique portait ses galons et sa biographie, un vieux de la vieille, il fallait faire preuve de beaucoup d'imagination pour le deviner chef de groupe et pousser encore le curseur un cran plus haut pour le voir derrière la lunette d'un Mac Millan Tak 338. Et pourtant... il fut tout ça avant qu'un accident de parcours ne le déplace irrémédiablement du service action à l'état-major. Il s'est marié sur le tard, venait régulièrement en villégiature à Port-Nouveau, mais nous invitait souvent à Furore pour caboter au large de la côte amalfitaine, non loin du seul fjord italien. Nous fûmes heureux, bercés par les flots et légèrement grisés par le Bianco fiorduva aux arômes d'abricot... Combien de croisières à notre actif lorsque nos permissions nous permettaient de rejoindre son Italie natale. Je crois que l'amour de César pour la mer vient de cette période bénie où les trois mousquetaires se transformaient en corsaires pour écumer le golfe de Salerne. Puis Carole est arrivée, son petit soleil… nous avons tous cru qu'elle avait grandi dans un monde protégé, ce ne fut pas le cas. Les enfants grandissent, vivent leur vie et leurs expériences ne sont pas toutes couronnées de succès.

Nous en avons parlé, Carole et moi, lors d'une balade dans la pinède, peu après le bain d'avril. C'était notre première véritable discussion depuis mon retour à Portnouveau et notre entrevue au MUSA. Nos retrouvailles en quelque sorte. Je n'ai pas hésité à lui reparler de l'époque où je la faisais sauter sur mes genoux, de celle où j'allais la chercher en fin de soirée quand Luca était de service. De mes nombreux appels souvent sans réponse, mais qui envoyaient toujours le même message : tu peux compter sur moi.

— Tu sais comment est mon père, trop grand, trop fort, trop parfait…

— Trop sur ton dos aussi…, dis-je laconiquement.

— Il aurait voulu mieux faire, j'en suis sûre.

— S'il avait su, il aurait réglé définitivement l'équation par suppression des inconnues, crois-moi, il vaut mieux pour tout le monde qu'il en soit ainsi.

— Tu as raison, éluda-t-elle.

Je repris dans un souffle,

— Nous veillons les uns sur les autres, nous vivons en meute, attentifs et patients. Ma seule force est ma présence, mais je sais que rien n'est jamais acquis, l'amitié est exigeante, elle demande des soins constants.

Je vais devoir m'habituer à la présence de quelqu'un dans mon quotidien, au désordre forcément induit par ses habitudes. Ai-je accepté d'être foncièrement irresponsable ? *« Il suffirait de presque rien, peut-être dix années de moins pour que je te dise je t'aime »*... J'ai saisi ce presque rien, j'assume cette improbable distribution, j'aime et suis aimé, sans doute ai-je réussi à me passer de moi.

— Permission de monter à bord ? je crie à l'approche du Saint-Elme.

— Accordée ! me lance Pap avec un grand sourire, affairé à lover un bout, on quitte le port d'ici quinze minutes.

Je lance un signe à Cha qui est sur le pont avant et j'aperçois Zoé qui me demande de la rejoindre dans le carré. Je la sens nerveuse, inquiète, désireuse de parler mais cherchant ses mots.

— Tu connais Bambi ? me lance-t-elle d'une voix neutre…

Je fronce les sourcils, j'analyse et mon cœur est prêt à dire : « Je n'appartiens à personne, ma vie et les rapports que j'entretiens avec les autres ne se limitent pas au couple que nous formons. J'ai toujours préféré les remords aux regrets et n'ai plus de temps à consacrer aux scènes de ménage. »

Mais je la regarde et dis plutôt :

— Carole que nous connaissons à Port-Nouveau sous le nom de Bambi est la fille d'un ami qui fait partie, tout comme Pap, de ma garde rapprochée. La jeune blonde avec laquelle j'ai pris un verre au Café Nouveau est Lola, fille d'un capitaine au long cours qui venait de m'annoncer le décès de son père. Voilà.

Je remonte sur le pont, César est à la barre, tandis que Charline largue les amarres. Nous allons prendre le large.

Un après-midi comme je les aime, un moment partagé qui passera très vite, trop vite, qui nous prouvera que le temps est relatif, seul son usage nous le rend précieux.

Le Saint-Elme prend le vent, j'ai le nez dans les nuages, je m'amuse de leurs formes. La photo surgie ce matin me revient en mémoire. Papillon surveille la voile, mais je vois Luca à côté de lui comme au bon vieux temps et, en filigrane, les visages de nos deux camarades disparus. Il ne nous reste que le respectueux silence, lourd de sens, qui nous lie à eux pour toujours. Zoé remonte sur le pont, enjouée, avec sa frimousse de poupée. Un plateau couvert de victuailles dans les mains, elle s'écrie :

— À la santé des amis et des amoureux !

Dans le fond de ma poche, deux clefs sur une manille avec lesquelles j'ai fermé Ker Helen et au moment de les tendre à Zoé, je suis heureux car je ne sais pas ce à quoi elles vont donner accès.

Chapitre 8.

Un appel téléphonique déchire mon léger sommeil du matin, un électrochoc. Je ne sais plus exactement où je suis. Je décroche.

— Adam ? Où ? Hôpital La Recouvrance… aux urgences, oui… j'arrive.

Zoé s'éveille, écarte quelques mèches rebelles venues se poser à la commissure de ses lèvres.

— Où vas-tu ? *À* l'hôpital ?

— Oui, Carole y a été admise cette nuit, une sale affaire, je crois. Adam est sur place. Ses parents ne sont pas là, je dois y aller, mais je serai très vite de retour, lui dis-je en prenant mon casque.

Je suis rentré dans l'hôpital, couloirs interminables et néons blafards, les brancards avec leurs matelas réparés au chatterton semblaient attendre le chaland. Une signalisation agressive : oncologie, imagerie, gastro-entérologie… autant de destinations que l'on ne veut pas atteindre. Une odeur de soin et de sueur que le masque obligatoire ne parvient pas à filtrer. J'ai vu surgir un soignant enveloppé et masqué, roulant son chariot où gisait un patient endormi, s'était-il perdu ? Les couloirs tristes à mourir l'ont-ils recraché ? Il vint s'échouer devant l'accueil où il abandonna son fardeau. L'homme, à peine vêtu, tout juste couvert d'un champ, dissimulait mal ses perfusions et sa vulnérabilité. Je l'ai trouvé si seul, si peu protégé. Je n'aime pas les hôpitaux. Chambre 102. Carole étendue. J'ai échangé quelques mots avec Adam. J'ai pris sa main, a-t-elle senti sourdre ma colère ? Une rage que la culpabilité attise, celle de n'avoir rien vu, de ne pas avoir été là. Neuf mois passés depuis mon retour et peu de répit, un cycle dira le biologiste, une gestation pensera la commère, une renaissance sans doute incomprise par la plupart, Port-Nouveau est petit et les microcosmes ne supportent pas le large, alors nos différences à Zoé et moi…Riez, braves gens ! La main de Zoé dans mes cheveux blancs trahit son âge, ma belle n'a plus quinze ans, ce n'est que ma vieillesse qui lui donne des airs de gamine. Zoé partage, je devrais plutôt dire, bouscule mon quotidien depuis quelques semaines. Son insouciance m'amuse, je la laisse vivre et se tromper, je la vois qui s'affirme, se regimbe parfois et puise sa force dans mon écoute. Si nous avons beaucoup parlé, nous avons également beaucoup dit. Elle a voulu connaître ma vie d'avant, comme si tout ne devait commencer qu'avec elle. Je lui ai donné la lettre que j'ai reçue de Tinker Bell, j'ai expliqué pourquoi je ne lui ai pas parlé sur la plage de l'anse Frehen. C'était une rupture. J'ai tenté de lui faire comprendre ma bienveillance pour Carole, pourquoi je suis si près de celle que son père m'a confiée. Je lui dis que nous irons en Italie et que notre itinéraire croisera probablement celui de Carole et Adam. Je lui dis que nous alimentons la rumeur, mais que la rumeur ne m'atteint plus. Je sais surtout qu'aucun

Port-Nouveautin n'a vu les prétendues conquêtes que les cancans m'attribuent. Alain n'a plus le temps. Alain s'évertue à vivre son présent sans modération et avec le moins de contraintes possible.

— Je voudrais être ta dernière femme, m'a-t-elle dit dans un murmure.

La dernière femme, comme la dernière cigarette ou le dernier repas… Dois-je me souvenir de cela ? Je me rappelle la dernière fois où je me suis remémoré avec délice mes premières fois. Toutes ces fois qui comptent, de l'abandon de mes roulettes sur mon vélo rouge que seule la couleur faisait avancer plus vite, à mon départ au volant de ma première voiture. De ce premier baiser volé, du premier ami qui veille sur moi depuis si longtemps et que j'aime. Oui, jolie Zoé ! Je n'aime résolument que mes premières fois.

Je rentre et longe la plage du Centre piquée de parasols, les touristes sont de retour, prêts à consommer, Port-Nouveau est en mode séduction et chacun se prépare pour les barbecues et le beach-volley. Je passe au ralenti devant le Café Nouveau et Stéphanie me salue d'un coup de torchon.

Je reprends la route de la corniche et m'arrête devant la Conserverie. Je n'y suis pas retourné depuis la tempête et cette balade improvisée me fait penser que j'ai longtemps hésité avant de revenir à Port-Nouveau, mon point d'ancrage, un port où Papillon vit une partie de l'année. Je ne pouvais me résoudre à vendre ma maison, ce refuge où je retrouvais à chaque retour quelques visages connus. J'ai vécu en nomade au gré des mutations

51

sans être citoyen du monde, j'ai roulé ma bosse et mon métier m'a appris la faim, la soif et le froid. La camaraderie et l'esprit de corps aussi. Il ne fallait pas être dépassé par ses émotions, garder absolument le contrôle et ne pas perdre la maîtrise de soi.

Meneur d'hommes mais suiveur de vie, formaté depuis l'enfance aux écoles de la République, gavé de choses inutiles en vue de la compétition où les plus performants ont le pouvoir sur ceux qui restent. Moi qui aurais voulu faire musique deuxième langue, j'ai finalement suivi la fanfare.

Une vie inconsistante, une petite existence rangée, parsemée de folies passagères et sans coup de génie marquant le monde de façon indélébile. Je partirai comme je suis venu, ne laissant qu'une trace de plus en plus diffuse dans la mémoire de mes proches. J'avais besoin d'une retraite pour faire mes comptes, de tirer le trait sous l'opération et de régler mon pas sur la décroissance de ma ligne de vie. Une nouvelle étape commence en ces premiers jours d'été, surprenante parce qu'inattendue, et c'est précisément ce qui m'intéresse, être étonné par la catharsis de l'existence. Lorsque je rentre à Ker Helen, Zoé m'attend sur la terrasse, vêtue d'une chemise blanche que le soleil du matin en contre-jour rend diaphane. Je pose le sac de croissants sur la table où deux tasses de café fument en chœur. Nous parlons de Carole, de cette vie fragile qu'une rencontre improbable a bouleversée. Zoé comprend, elle l'a vécu.

Flanqué d'une blondinette à la brune de ma vie, je m'applique à être conscient de mon bonheur.

— Que ferais-tu si tu devenais riche, me demande Zoé.

— J'ai du mal à me rendre compte que je suis déjà riche.

— Demain te fait peur ? susurre-t-elle.

— Nos lendemains sont asymétriques, ne crois-tu pas ?

— Je m'en fiche, puisque demain est la fin du monde, réplique-t-elle en riant.

Je regarde Zoé intensément et dis :

— Il ne nous reste donc qu'une journée d'amour, comment vivre la dernière journée que les Parques nous accordent, puisque la faucheuse est sournoise et nous cueille sans préavis ?   Partons sur les routes, indécrottables voyageurs, enfin convaincus d'une possible immortalité, ou soyons condamnés à revivre la même existence, ponctuée des mêmes incertitudes ?

Tant de mondes coexistent, est-ce la fin de celui-ci et le début d'un autre… Il ne reste que quelques minutes à l'horloge de la fin du monde, depuis si longtemps…

Je laisse de côté les calculs fumeux et les comptes à rebours pour me consacrer pleinement à ma vie, le soleil au zénith ne semble pas prêt de s'éteindre et tout laisse supposer que l'après-midi sera agréable. Envie de plage et de mer, d'une glace et d'une main à serrer, je ne suis sûr de rien, mais l'amour est partout et j'ai envie de croire, là, tout de suite, qu'il est à Port-Nouveau.

Remerciements

L'auteur remercie vivement Philippe Aubert pour ses conseils avisés et son indéfectible présence, Elizabeth Huard pour sa relecture attentive et ses corrections bienveillantes ; merci à ma fille, Eliz Parmentier tant pour ses photographies que pour sa présence dans mes projets d'écriture. Un merci également à Jessie Vallet, cousine de plume, pour avoir offert à Alain une Zoé certainement plus vivante et interactive ; et à Josée Piard pour une Carole en filigrane.
Merci à Véronique, mon phare du Rouge, qui m'accompagne et me soutient.

« J'ai acheté et équipé notre bâtiment. Il est à quai, prêt à prendre la mer. Vous ne sauriez imaginer plus délicieuse goélette. Un enfant la manœuvrerait. Son nom : Hispaniola. »

Robert Louis Stevenson, *L'île au trésor.*

HISPANIOLA littératures
www.tout1roman.com